MERCURIALE

A M. LE COMTE

DE

SAINT-AULAIRE.

IMPRIMERIE DE LE NORMANT, RUE DE SEINE, N° 8.

MERCURIALE

A M. LE COMTE

DE

SAINT-AULAIRE,

SUR SON PAMPHLET APOLOGÉTIQUE

DE M. LE DUC DECAZES,

Intitulé : *Réponse au Mémoire de M* Berryer *fils*,
pour le Général Donnadieu.

Mieux vaut un ennemi
Qu'un indiscret ami.

PAR M. ****

SECONDE ÉDITION.

A PARIS,

CHEZ LE NORMANT, IMPRIMEUR-LIBRAIRE,
RUE DE SEINE, N° 8. (F. S. G.)

MDCCCXX.

AVERTISSEMENT

DE L'AUTEUR.

———

Des raisons qu'on appréciera plus tard m'obligent à garder, quant à présent, l'anonyme ; mais je garantis l'exactitude des faits et des citations consignés dans cet écrit ; je les publie sous ma responsabilité. J'en ai beaucoup d'autres en réserve qui viendront, à leur tour, consoler les royalistes. La Providence s'est enfin déclarée pour eux dans Henri-le-Dieudonné. Justice leur sera faite ; elle est inévitable : c'est M. de Saint-Aulaire qui en est le premier instrument.

★★★★

MERCURIALE

A M. LE COMTE

DE

SANT-AULAIRE.

***

MONSIEUR le comte de Beaupoil-de-Saint-Aulaire vient de publier, chez l'éditeur des *Fastes de la Gloire*, un pamphlet qui a pour titre : *Réponse au Mémoire du général Donnadieu.* Qu'y a-t-il donc de commun entre cet Officier-général et M. de Saint-Aulaire ? à quel titre celui-ci vient-il s'interposer dans un procès qui lui est étranger ? Est-ce qu'il n'a point assez de la célébrité qu'il s'est acquise à Toulouse, le 4 avril 1815, et qui a été proclamée dans *le Moniteur* du 11 du même mois?

Je viens de lire dans une feuille (1) que ce *député du Gard a défendu le Ministre tombé ,*

***

(1) *Le Constitutionnel* du 6 octobre.

dont il a suivi la prospérité, et qu'en cela il a donné un bon exemple. Je ne suis pas chargé de la défense du Général Donnadieu ; elle est dans des mains habiles et fortes, qui ne le laisseront point en arrière : mais j'estime ce Général ; et , comme il est dans la disgrâce, je veux aussi *donner un bon exemple,* en repoussant, à son insu et sans sa participation, quelques unes des diffamations dirigées contre lui par M. de Saint-Aulaire, et surtout en relevant la maladroite apologie d'un gendre , entreprise par un beau-père.

M. de Saint-Aulaire semble insinuer, dans son pamphlet, que M. Decazes, de la haute région où la fortune l'a placé, auroit trop à descendre pour se mesurer avec un jeune et loyal avocat. S'il faut l'en croire, son gendre n'oppose, à toutes les attaques dont il est le point de mire, que le silence.... Est-ce celui du mépris, ou celui de l'impuissance? M. de Saint-Aulaire tranche la question; c'est celui du mépris. Mais un pareil silence , on le sait, n'est offensant pour un homme d'honneur qu'autant que lui-même est consciencieusement forcé d'en respecter la source. Ainsi , quoique tranchée par M. de Saint-Aulaire, la question, ce me semble , est encore à résoudre.

(5)

Il plaît à M. de Saint-Aulaire d'apercevoir
un beau caractère dans le silence *méprisant* de
son gendre, et il s'en afflige ; car, sans cela,
tous les cartons de la police générale, et ceux
du ministère de l'intérieur, eussent été mis à
sa disposition. « Cette réserve, dit-il, lui en-
» lève les moyens de révéler au public de
» grandes vérités (1). » Toutefois, et malgré
que les cartons de la police lui aient été impitoyablement fermés, il en sait assez « pour
» soulever aujourd'hui le voile, et pour pré-
» dire, avec menace, qu'un *autre* sera bientôt
» forcé de le déchirer tout entier. » Qu'il pa-
roisse donc cet *autre Envoyé* dont M. le comte
de Beaupoil se dit le *Précurseur !* Armé des
traits que recèlent les mystiques cartons de la
police, qu'il ose donc déchirer le voile ! Et moi
aussi je regrette bien, pour le Général Donnadieu, de n'avoir pas la libre investigation, non
seulement des cartons de la police, où se
trouvent renfermées les pièces de l'affaire de
Grenoble, mais de tous les cartons dépositaires
des secrets administratifs de M. le duc Decazes,
depuis l'ordonnance du 5 septembre. Malheu-

____

(1) Pag. 2 de l'avertissement en tête du pamphlet de
M. de Saint-Aulaire.

reusement le bruit d'un certain auto-da-fé clandestin a couru dans les journaux, quelques jours avant la chute du Ministre qu'on dit être un *Ministre tombé*, et ce bruit n'a pas été démenti.

M. de Saint-Aulaire remarque, avec un peu d'humeur, que le Général Donnadieu a *des titres, des décorations*. « Jeune encore, dit-il, » ses services ont été récompensés par les » grades les plus élevés.... Que manque-t-il à » une si belle carrière (1)? » Oui, sans doute, Sa Majesté a payé largement les services que cet Officier-général a eu le bonheur de rendre à la Dynastie royale; mais vous, M. de Saint-Aulaire, vous et votre *silencieux* client, vous versez à pleines mains de noirs poisons sur ces décorations sans tache qui parent sa poitrine ; et vous demandez ce qui manque à sa carrière ! Vous le demandez à un Officier-général de l'armée française !

Qualifié d'*assassin* par un calomniateur dont la Cour d'assises de Paris va faire justice, il a dû déployer au public la fatale dépêche télégraphique, signée de M. Decazes, et qui portoit l'ordre écrit du prétendu *assassinat*. C'étoit

____

(1) Pag. 4 du pamphlet.

donc à M. Decazes que s'adressoit directement
la calomnie ; c'étoit donc à lui à la poursuivre.
L'a-t-il fait ? Non ; il ne conteste pas, en point
de fait, au calomniateur du Général qu'il y a
eu un assassinat commis dans l'affaire de Grenoble ; mais il veut que l'assassin soit le Général
lui-même qui, à son tour, s'offre noblement
à rester seul sous le poids de cette infâme accusation. Mais être accusé n'est pas être convaincu,
et, moins encore, être jugé. Le Général a de-
mandé des juges au Ministre de la guerre, au
Roi, à la Chambre : partout il a parlé dans la
solitude ; on veut qu'il reste seul accusé d'assassinat ; que cette accusation demeure éternelle-
ment empreinte, comme un fer chaud, sur
son front ; et M. de Saint-Aulaire ose lui de-
mander ce qui manque à sa carrière !....

Il falloit pourtant s'expliquer, tant bien que
mal, sur cette insupportable dépêche, dont les
sanglans caractères apparoissent toutes les nuits
à la mémoire bourrelée de son auteur. Voilà
bientôt un an qu'elle est publique, et qu'elle
accuse le *Ministre tombé.* Enfin, aujourd'hui
son maladroit apologiste imagine, pour la première fois, de l'attribuer....., on ne devineroit
jamais à qui..... au Général Donnadieu ! Oui,
c'est lui, s'il faut en croire M. de Saint-Aulaire,

(8)

qui a exagéré les événemens de Grenoble. Le
Gouvernement, au moment de cette crise, a dû
ajouter foi aux rapports de ce Général. « C'est
» donc sur lui, qui a tout exagéré, que pèse
» la responsabilité des actes de rigueur (1). »
« Ce ne fut, continue M. de Saint-Aulaire,
» que postérieurement à l'inexorable dépêche
» que le Ministre a eu l'occasion de connoître
» l'*exacte vérité* (2) »; et il l'a proclamée à
la tribune de la Chambre des Députés, dans
la session de 1817. Chose remarquable ! ce
que le Ministre, par l'organe de son patron,
appelle l'*exacte vérité*, constitue précisément
l'action en calomnie, qu'un arrêt de la Cour
royale de Paris vient de déférer aux prochaines
assises ! Ainsi, voilà la première Cour du
royaume qui a une manière d'envisager l'*exacte
vérité* autrement que ne le fait M. de Saint-
Aulaire.

Quoi qu'il en soit, voyons donc comment le
Général Donnadieu a exagéré les événemens
de Grenoble ; et, pour les bien apprécier, re-
montons à l'époque où ils ont éclaté.

Il est de fait que la Chambre des Cent-Jours

____

(1) Pag. 33 du pamphlet.
(2) Pag. 9, *ibidem*.

a proclamé, la veille de sa clôture, *à la face du Monde entier*, *que le Gouvernement des Bourbons n'auroit qu'une existence éphémère;* que plusieurs membres de cette Chambre avoient, au moment de sa dissolution par les armées étrangères, ourdi à Paris une *vaste conspiration qui embrassoit tous les départemens;* qu'à cet effet ils s'étoient divisé la France en plusieurs arrondissemens départementaux ; que, notamment les départemens du Rhône, de l'Isère, de l'Ain, de la Drôme, etc., étoient échus en partage à Didier, député des Cent-Jours, et l'un des principaux chefs de la révolte de Grenoble (1).

Il est de fait qu'au mois de janvier 1816, un premier essai de cette *vaste conspiration*, dirigé par *Rosset, Montain* et *Lavallette*, a heureusement échoué à Lyon; que ses auteurs ont été, à cette époque, livrés aux tribunaux et condamnés.

Il est de fait que, dans le même temps où *Rosset, Montain* et *Lavallette* conspiroient à

---

(1) Déclaration du capitaine Simon, ex-officier de la garde impériale, chef de partisans dans les Cent-Jours, devant le maréchal-de-camp V. de Maringonné, commandant de la ville de Lyon.

Lyon, M. Decazes, Ministre de la police, avoit découvert à Paris la réunion d'un grand nombre de conjurés liés par le même serment, portant le même signe de ralliement, et qui avoient projeté de *renverser, vers la fin d'avril, le Gouvernement légitime; que* la *conspiration étoit bien vaste; que ses ramifications s'éten- doient non seulement à Paris, mais encore dans tous les départemens* (1)....

Il est de fait que M. Decazes, Ministre de la police, avoit constamment fixé, pendant les mois de mars, avril et mai 1816, sa surveillance sur un sieur Bonnet-Crouset, ex-député des Cent-Jours, ex-membre de la confédération de Toulouse; qu'on a découvert chez ce Bonnet des réunions d'hommes exaltés; qu'on y lisoit des proclamations attribuées au Prince Eugène, à Marie-Louise; que ces réunions étoient affi- liées à la *vaste conspiration* par le même ser- ment et par le même signe de ralliement (2).

Il est de fait qu'à la même époque une bande de rebelles s'organisoit dans le département de la Sarthe, sous la dénomination de *Vautours*

____

(1) Ces documens sont extraits de l'acte d'accusation, dans le procès de *l'Epingle noire.*

(2) Ces documens sont extraits de la même source.

de Buonaparte ; qu'elle y a arboré l'étendard
de la révolte, et que, par arrêt du 27 mai 1816,
émané de la Cour prévôtale de la Sarthe,
séante au Lude, quatre des plus forcenés coupables ont été condamnés à mort, et beaucoup
d'autres à des peines plus ou moins graves.

La France entière connoît la conspiration
des *patriotes de* 1816, qui fut déférée à la Cour
de Paris, au mois de mai 1816. Je m'abstien-
drai d'émettre mon opinion sur cette conspiration, comme sur celle dite de *l'épingle noire;*
mais tout le monde sait que c'est M. Decazes,
Ministre de la police générale, qui a livré ou
fait livrer à la justice ces prétendus *patriotes*
conjurés, et qu'ils y ont été juridiquement
accusés de faire partie d'une association dont
le but étoit de se défaire de la Famille royale ;
d'établir un Gouvernement provisoire ; de rap-
peler sur le trône Napoléon II, sous la condi-
tion que la Régence accepteroit, en son nom,
la Constitution qui seroit délibérée par les Re-
présentans de la nation.... Tout le monde sait
que des peines capitales ont été prononcées et
exécutées dans ces déplorables affaires.

C'est au milieu de ces éruptions partielles de
la *vaste conspiration* dénoncée à la France par
M. Decazes, et qui, suivant lui, embrassoit

tous les départemens, que, dans le même temps, une révolte à main armée éclate sous les murs de Grenoble, de cette ville qui, la première, avoit, au mois de mars 1815, ouvert ses portes à l'Usurpateur; qui lui avoit livré son artillerie, ses munitions et sa garnison sans coup férir.

Quel est le Chef de cette révolte? C'est Didier qui s'avance, nuitamment, à la tête d'une bande d'insurgés, militairement organisés et commandés !

Quel moment a-t-il choisi pour l'attaque ? Celui où la garnison de cette place et celles des places environnantes alloient être affoiblies pour se porter au-devant de cette jeune Héroïne, dont la miraculeuse fécondité vient de combler nos espérances, et qui alors traversoit le département de l'Isère, pour aller s'unir à son auguste époux. Didier vouloit devancer le poignard de Louvel, les pétards de Gravier et les parricides du 19 août ! !

Le Général est attaqué la nuit, à l'improviste : il n'a que quelques minutes pour concevoir, disposer et exécuter un plan de défense. Il fait mettre sur-le-champ toutes les troupes de la garnison sous les armes ; il envoie, en reconnoissance (1), deux détachemens, l'un de la légion de l'Isère, l'autre de celle de l'Hérault, commandés chacun par leur colonel, et devancés par quelques jeunes braves de la garde nationale à cheval. L'un de ces détachemens rencontre une colonne de rebelles, marchant sur la ville, au nombre de quatre à cinq cents, au milieu de la nuit la plus obscure. Trop foible, il est repoussé, au feu d'une mousqueterie bien nourri et aux cris de *vive l'Empereur* (2) ! Aussitôt le Général fait partir, au pas de charge, un renfort, qui rencontre les rebelles sur le plan même de la ville, marchant toujours aux cris de *vive l'empereur !* lesquels, à l'instant, sont répétés, de l'intérieur des remparts, par d'autres rebelles organisés et attendant les assaillans. Il fait fermer les portes ; il ordonne de battre la générale. Quatre pièces de canon sont braquées à l'embouchure des quatre plus grandes rues. Bientôt une troupe de rebelles, après avoir

______

(1) Voyez le récit de ces événemens consignés dans la *partie officielle* du *Moniteur* du 15 mai 1816.

(2) *Le Moniteur*, dans son récit officiel, n'a pas cru devoir, sans doute par des raisons politiques, faire mention des cris de *vive l'empereur !* Alors la France étoit encore occupée par les étrangers ; mais le fait n'en est pas moins constant et notoire.

franchi les murailles, s'empare des *rochers de
la Bastille*, dans l'intérieur des fortifications.
Au même instant des feux, signal du mouve-
ment pour toutes les Communes insurgées, sont
allumés sur le cours de l'Isère. La fusillade se
prolonge sur tout le front de la place, depuis
onze heures et demie du soir jusqu'à deux
heures et demie du matin. Enfin, malgré plusieurs charges, faites à la baïonnette par les
colonnes rebelles, elles sont poursuivies sur les
montagnes et dans les bois, laissant environ
cent prisonniers, sans compter les morts et les
blessés.

Le Général Donnadieu s'étoit enfermé dans la
place, résolu de s'ensevelir sous ses ruines, et de
lui sauver ainsi la honte d'une seconde défection.
C'est là qu'au milieu des ténèbres de la nuit, et
dans les agitations d'un combat opiniâtre, il
recueille les faits qui lui sont certifiés par ses
divers agens. Après le combat, une foule de
rapports lui arrivent de toutes parts; il n'a ni le
temps ni la volonté de les confronter, de les
vérifier. Un sentiment plus pressant l'absorbe;
il faut de suite avertir le Gouvernement. Le
Général ne regarde point la tentative sur Grenoble comme complètement déjouée : il s'at-
tend, d'un moment à l'autre, à la voir renaître

sur d'autres points; il la rattache à cette *vaste conspiration* qui a ses complices *dans tous les départemens*, et qui peut-être éclatoit, dans la même nuit, sur toute la route de la Princesse, pour lui fermer les approches de la Capitale.

Dans de si périlleuses conjonctures, n'a-t-il pas pu, en bonne foi, exagérer les événemens de Grenoble, en portant à quatre mille le nombre des insurgés armés, bien qu'il n'ait été que de huit cents? N'a-t-il pas pu également, sur des rapports faits à la hâte, et recueillis verbalement, exagérer le nombre des morts, qui lui étoit certifié par des témoins oculaires? Mais il auroit fait à dessein toutes ces exagérations, qu'on auroit dû y applaudir et les considérer comme actes de prudence. Au centre d'une vaste Province, qui naguère s'étoit livrée à huit cents soldats conduits par un transfuge, il n'avoit que quelques cadres incomplets d'infanterie; point de cavalerie, si ce n'est quelques gardes nationaux à cheval. Depuis plusieurs mois, il demandoit vainement des forces et de nouveaux corps. Quand il auroit exagéré sciemment le péril, pour arracher au Gouvernement des renforts dont il sentoit si vivement la nécessité, en quoi donc auroit-il été répréhensible? Mais, surtout, est-ce bien à M. De-

cazes qu'il appartient de lui en faire un crime,
lui qui ne cessoit alors d'exagérer le péril dans
ses actes officiels; de le généraliser, et d'en
démontrer la trop funeste réalité par ses pour-
suites judiciaires?

M. de Saint-Aulaire prétend que, sans cette
exagération, le signal du télégraphe n'auroit
point été donné; et, pour justifier le reproche
d'exagération qu'il adresse au Général, il publie une lettre du Commissaire-général de
police à Grenoble, de M. Bastard, dont, comme
on le sait, la famille, aveuglément dévouée
au Ministre, est depuis cinq ans comblée de
décorations et de faveurs insignes.

Dans sa lettre au Ministre de la police générale, M. Bastard « ne sait pourquoi on a voulu
» donner à l'affaire de Grenoble un tout autre
» caractère que celui qu'elle présente.......;
» il y trouve une exagération bien dange-
» reuse.....; le rassemblement n'étoit pas de
» huit cents, mais de trois cents hommes,
» dont à peine moitié armés........; il n'y a
» point eu de canon de sorti ni tiré.........;
» cent soixante insurgés n'ont point péri......;
» le nombre des morts s'élève à six....... »
J'accorde, si l'on veut, à M. Bastard toutes
ses assertions, quoiqu'elles soient officiellement

démenties par *le Moniteur* du 15 mai. Sa lettre est adressée au Ministre de la police générale , et dès lors je demande à M. de Saint-Aulaire pour qui tous les cartons de la police et ceux de l'intérieur sont *lettres closes* (c'est lui qui le certifie); je lui demande comment il s'est procuré la lettre officielle de M. Bastard. Est-elle bien authentique cette pièce que M. de Saint-Aulaire a cotée la première, à la suite de son pamphlet? Elle a pour date le 15 mai ; mais cette date est-elle bien fidèle? Faisons un peu le rapprochement de certaines dates avec M. de Saint-Aulaire. La lettre de M. Bastard, du 15 mai , a dû parvenir au Ministre le 19, au plus tard : ainsi, à partir du 19 mai, les yeux du Ministre ont été dessillés sur les exagérations du Général Donnadieu. Avant le 19 mai, on conçoit pourquoi Sa Majesté, mal informée , a trop légèrement rendu les deux ordonnances des 12 et 13 du même mois, qui confèrent au Général et à neuf officiers supérieurs sous ses ordres des titres honorifiques et des décorations, en les accompagnant des témoignages les plus flatteurs (1); mais, à partir du 19 mai, grâce aux révélations de M. Bastard, le pro-

______

(1) *Moniteur* du 15 mai 1816.

(18)

tégé spécial du Ministre, l'homme de son cœur
et de ses secrets, les événemens de Grenoble
sont jugés dans les Conseils de Sa Majesté. L'affaire n'est, à peu près, qu'une échauffourée de
quelques paysans séduits, dont un tiers (quoique
armé) *croyoit venir assister à des fêtes et à des
réjouissances.* Il n'en sera donc plus question,
ni dans les Conseils du Roi, ni dans les graves
colonnes du *Moniteur.* Cependant j'ouvre le
Moniteur du 29 mai, et qu'y vois-je dans la
partie officielle? Deux autres ordonnances du
même jour, 26 mai, qui accordent des titres
honorifiques, des décorations, de l'avance-
ment et de l'emploi à.... QUARANTE-SEPT OFFI-
CIERS ET MILITAIRES!!! *pour la belle con-
duite qu'ils ont tenue dans l'insurrection de
Grenoble, et en reconnoissance de la fidélité
et du dévouement qu'ils ont montrés à Sa
Majesté* (1).

Avant le 19 mai, M. le duc Decazes a pu,
innocemment et sous sa responsabilité, trans-
mettre à vol d'oiseau le signal de la mort à
Grenoble. Mais, à partir du 19 mai, sans doute
M. Decazes, qui verse désormais des pleurs

______

(1) Ce qui est souligné est littéralement extrait du
préambule des deux ordonnances.

de sang sur sa dépéche, va donner l'ordre, aussi à vol d'oiseau, de dissoudre le Conseil de guerre, de lever l'état de siége dans le département de l'Isère, et de le restituer sans délai au régime de la loi. Il va s'empresser surtout de proclamer à la face de l'Europe *l'exacte vérité* sur les événemens de Grenoble. Il importe de la lui révéler de suite, puisque cent cinquante mille étrangers armés occupent et épuisent nos frontières. Il importe de calmer les alarmes des Puissances alliées sur la situation des esprits en France, et de leur démontrer qu'on peut en toute sécurité nous livrer désormais à nous-mêmes. Cette considération vraiment patriotique n'a point échappé à la *sagacité* de M. de Saint-Aulaire, dans son pamphlet. C'est lui-même qui, voulant justifier son gendre d'avoir exprimé à la tribune nationale *l'exacte* et atténuante *vérité* sur les événemens de Grenoble, nous atteste, dans la sincérité de son âme, que M. Decazes, en parlant de la sorte, avoit eu essentiellement en vue l'affranchissement si désiré de notre territoire. Certes, à partir du 19 mai, la lettre de M. Bastard va réveiller et exalter ce noble sentiment dans l'âme du Ministre. M. Decazes bientôt va le manifester, non pas seulement par de vaines et fugitives paroles proférées dans la Chambre des Députés, mais par des notes diplomatiques, par des faits et des actes d'administration publique. Eh bien! je le demande à M. de Saint-Aulaire, est-ce dans la session de 1816 que son gendre a *patriotiquement* atténué, en face de l'Europe, les événemens de Grenoble? Non, c'est dans la session suivante, après la mission inexplicable ou inexpliquée du duc de Raguse; c'est le 17 février 1817. Qu'il dise aussi à quelle époque le Conseil de guerre a été dissous, et l'état de siége levé dans le département de l'Isère.

En attendant sa réponse, je lui adresse ce dilemme :

Ou la lettre de M. Bastard, sous la date du 15 mai 1816, est sincère et authentique; et alors M. Decazes, membre le plus influent du Gouvernement, a, contre sa conscience, et contre le cri déchirant de l'humanité, provoqué des récompenses royales, aussi indiscrètes pour le Prince qui les décernoit, qu'insultantes pour les personnes qui en étoient l'objet; et par le contre-coup de cette munificence inconsidérée, il a appesanti, de fait, sur son pays, le poids insupportable des armées étrangères.

Ou bien la lettre de M. Bastard est apocryphe,

alors j'abandonne au public, et **M. Bastard**, et M. de Saint-Aulaire son indiscret écho ; alors aussi, et les récompenses royales, et la prolongation de l'état de siége, et la permanence du Conseil de guerre, le tout postérieur au 19 mai, prouvent incontestablement que le Général Donnadieu n'a rien exagéré.

J'arrive maintenant aux diffamations de M. de Saint-Aulaire : c'est dans la correspondance du Général avec le Duc de Feltre, alors Ministre de la guerre, qu'il les a puisées. « Pourquoi, » s'écrie-t-il, ne citerois-je pas cette correspon- » dance pour prouver que les qualités du Gé- » néral Donnadieu n'étoient pas *sans quelque* » *mélange ?....* » Puis, d'un ton ferme et ré- solu, il ajoute : « Je livre les lettres du Général » au public!..... » Je vous arrête, M. de Saint- Aulaire : où les avez-vous prises ? les cartons de la police générale et ceux de l'intérieur vous ont été fermés, à vous, quoique beau-père et patron officieux de l'ancien Ministre de la police générale, devenu ensuite Ministre de l'in- térieur. A plus forte raison, les cartons de la guerre, dépositaires de la correspondance du général Donnadieu, ne vous seront jamais ou- verts. Cependant vous les avez ouverts... Les avez-vous dérobés ? ou bien auriez-vous été par

hasard clandestinement Ministre de la guerre
pendant vingt-quatre heures? Prenez-y garde.
Votre gendre, bien qu'il se fût agi de sa propre
défense, a eu la pudeur de vous refuser des
communications sacriléges : et certes, vous ne
me persuaderez jamais qu'un Maréchal, pair de
France, M. le marquis de Gouvion-Saint-Cyr,
Ministre de la guerre, bien moins encore son
honorable successeur, n'ont point partagé la
pudeur de M. Decazes....

Et quelles sont les lettres que vous livrez au
public avec tant d'audace? L'une, précisément
celle qui sert exclusivement de texte à vos diffamations, est une lettre CONFIDENTIELLE (1)!
Ah! grand Dieu! dans quel siècle sommes-
nous !......

« Titius Sabinus, chevalier romain, portoit
un attachement inviolable à Germanicus : c'é-
toit là tout son crime aux yeux du ministre
Séjan, qui vouloit perdre Sabinus. Latiaris, qui
avoit quelque liaison avec Sabinus, fut chargé
de lui tendre des piéges : *compositum inter ip-
sos ut strueret dolum.* Il caresse plus affectueu-
sement que jamais Sabinus : il vante son iné-

____

(1) J'ai eu l'occasion de m'assurer du fait, et je suis
autorisé à le publier.

branlable dévouement à une famille à laquelle il s'étoit attaché dans la prospérité, et qu'il n'a point abandonnée dans la disgrâce. De son côté Sabinus épanche son âme dans le sein d'un homme qu'il croit son plus fidèle ami, *quasi ad fidissimum deferre.* Bientôt trois sénateurs vendus à Séjan sont apostés par Latiaris pour être les témoins auriculaires des épanchemens de Sabinus. Ils se placent sur le toit de sa maison, pratiquent des trous au plafond ; ils prêtent l'oreille ; ils entendent d'abord Latiaris détailler les malheurs passés, ceux qui menacent la patrie ; source, hélas ! trop féconde ! Latiaris y joint de nouveaux sujets de terreur. Sabinus parle sur le même ton, et plus long-temps encore : *eadem ille et diutiùs...* C'en est assez : on dresse à la hâte une accusation, et le malheureux Sabinus est traîné au supplice (1). »

Après la catastrophe du 20 mars, on veut tarir en France la source trop féconde des malheurs qui la menacent. On sent le besoin de changer les fonctionnaires choisis par l'usurpateur, de les remplacer par des hommes courageux et dévoués. On les place, chacun au poste qui lui est assigné, non pas seulement comme

______

(1) Annales de Tacite, liv. IV.

des fonctionnaires publics, mais comme des amis intimes du Gouvernement royal, comme les dépositaires de sa pensée. On leur dit : « Nous vous écrirons *confidentiellement*, ré- » pondez-nous de même. » Que de lettres *confidentielles* M. Decazes lui-même, alors qu'il n'étoit pas irrité par l'énergique apostrophe de M. de Kergorlay, n'a-t-il pas écrites aux préfets qui les transmettoient aux sous-préfets, et ceux-ci aux maires et adjoints sous leurs ordres? Que de réponses du même genre n'ont-elles pas été provoquées et commandées à cette époque, non pas seulement dans le Ministère de la police, mais dans tous les Ministères? Car alors on étoit avide de conseils et de lumières. *La vaste conspiration* n'étoit pas considérée comme une chimère.

Voilà deux époques historiques bien remarquables. A Dieu ne plaise que je veuille les confondre! L'une appartient à un tyran, l'autre au plus clément des Monarques. Mais enfin, s'il étoit vrai qu'un Ministre de Sa Majesté, pour servir la haine d'un autre Ministre, eût livré à un nouveau Latiaris les lettres confidentielles d'un fonctionnaire éminent dont on auroit juré la perte, je ne m'adresse plus à M. de Saint-

Aulaire, mais à tous les amis de la morale publique, et je leur demande quelle différence ils
admettroient entre les Sénateurs romains, écou-
tant aux portes du Chevalier romain, et les
agens d'un Ministre français violant la foi sa-
crée du Gouvernement, violant le secret pro-
mis à un Chevalier français, pour le traîner
ensuite au tribunal de l'opinion, et pour l'y
sacrifier! « A Rome, dit Tacite, aussitôt après
» l'assassinat de Sabinus, toute oreille étoit sus-
» pecte. On trembloit jusque devant les êtres
» muets et inanimés. On jetoit des regards in-
» quiets sur les plafonds et sur les murs (1). »
En France, toutes les bouches seroient fermées,
toutes les mains seroient glacées : *etiam muta
et inanima ;* toutes les plumes seroient taries.
Le Gouvernement resteroit au centre du plus
beau des empires, comme jeté au milieu d'une
plage lointaine, et entouré d'une immense solitude... Oui, je dénonce à la France, à l'Europe
la publicité donnée à la lettre *confidentielle* du
Général Donnadieu ; je la dénonce comme un
grand crime politique. C'est à l'auteur de ce
crime, quel que soit son rang, à s'en purger.

____

(1) Tacite, Liv. IV, *ibidem.*

Je vais maintenant prouver que le crime est maladroit et stérile.

Dans cette lettre adressée confidentiellement à M. le Duc de Feltre, Ministre de la guerre, le 28 mai 1816, au moment où les inquiétudes sur le département de l'Isère n'étoient point encore pleinement calmées, et ne pouvoient pas l'être, le Général Donnadieu épanche son âme tout entière : il y exprime toutes les pensées que l'amour de son Roi et le besoin de conserver l'auguste race de Saint-Louis lui suggèrent. La lettre contient trois grandes pages de développemens pour arriver à démontrer « qu'il » faut enfin purger l'Etat de trois à quatre mille » factieux sur lesquels toutes les clémences et » les bienfaits du meilleur des monarques ne » peuvent rien ; qu'il faut envoyer ces éternels » artisans de révolution dans des colonies loin- » taines pour y républicaniser à leur manière...; » qu'il faut désarmer la population...., afin » qu'il n'y ait d'armée en France que l'armée » royale.... » Puis réduisant à un court dilemme toute son opinion, il dit au Ministre : « ou sau- » ver la France *inconstitutionnellement ;* ou la » perdre *constitutionnellement.* » Voilà les seules phrases dans lesquelles la loupe de M. de Saint-Aulaire a découvert *un plan naïf de contre-*

révolution violente, très-naturellement placé à côté des exécutions de Grenoble (1).

Je lis l'article 14 de la Charte, et j'y trouve que « *le Roi fait les règlemens et ordonnances* » *nécessaires pour l'exécution des lois et* LA » SURETÉ DE L'ETAT. »

Un honorable député justifie ailleurs cette disposition de la Charte, en ces termes : « Le » premier devoir du Gouvernement est de se » conserver ; la force lui est confiée pour cet » usage ; les rigueurs nécessaires sont légitimes.» Cet honorable député ne sera pas apparemment suspect à M. de Saint-Aulaire ; car c'est M. de Saint-Aulaire lui-même, pag. 26 de son pamphlet.

Cette doctrine tutélaire, qui ne peut être contestée que par des factieux et des traîtres, a été mise en action à l'occasion des événemens de Grenoble, sous la responsabilité d'un Ministre : et quel est ce Ministre ? c'est M. Decazes, le gendre et le client de M. de Saint-Aulaire. Le 6 mai, il apprend à Paris la révolte de la nuit du 4 : le 6 mai, à six heures du soir, il adresse au général Donnadieu la dépêche télégraphique

---

(1) Pag. 15 du pamphlet.

imprimée dans le mémoire de son avocat, et qui est conçue en ces termes (1) :

« Le département de l'Isère doit être consi-
» déré comme étant en *état de siége ;* les auto-
» rités civiles et militaires ont un POUVOIR
» DISCRÉTIONNAIRE. » Que dites-vous,
M. de Saint-Aulaire, de votre client qui pro-
clame ainsi *naïvement* un *plan de contre-révolution violente*, par la voie du télégraphe?

En vertu de ce *pouvoir discrétionnaire*, le préfet de l'Isère ordonne, le 7 mai, un désarmement général dans ce département. Le lendemain 8, le Général Donnadieu publie un ordre du jour, portant que les habitans de la maison où sera trouvé Didier seront livrés à une Commission militaire pour être passés sous les armes; publication purement comminatoire, puisqu'elle est faite sous la forme d'un *simple ordre du jour*, intimé à la garnison.

Cet emploi du *pouvoir discrétionnaire* est de suite communiqué à M. Decazes. Son patron soutient que celui-ci n'a point approuvé les mesures *discrétionnaires* prises à Grenoble. Le patron se trompe : qu'il lise *le Moniteur* du 15 mai, écrit sous l'œil et la dictée de la police, il

____

(1) Pag. 33 du Mémoire de Me Berryer fils.

y verra une ratification solennelle des actes du Préfet et du Général, qui y sont littéralement consignés.

Enfin, M. Decazes, par sa terrible dépêche télégraphique du 12 mai, quatre heures du soir, ordonne que *les vingt-un condamnés et David soient exécutés* (sans rémission ni grâce); et de cette sorte *il place à côté des exécutions de Grenoble le plan de contre-révolution violente* qu'il a lui-même ordonné et confirmé.

Maintenant, M. de Saint-Aulaire, comparez le *plan de contre - révolution violente*, impitoyablement exécuté par votre gendre, avec celui que le Général Donnadieu, à l'occasion des mêmes événemens, communiquoit confidentiellement à son supérieur. Il ne demande pas, lui, que le Monarque inflexible verse du sang, mais qu'il purge la France de trois ou quatre mille factieux, en les rejetant dans des colonies lointaines pour y fonder une république (*à la manière du Champ-d'Asile*). Ce nombre de *trois à quatre mille factieux* vous paroît-il encore *exagéré ?* C'est votre opinion ; mais, avant de la combattre, j'ai besoin de m'expliquer avec vous sur l'ordonnance du 5 septembre 1816, rendue sous l'administration de votre gendre, dont, suivant vous, *la politique fut toujours constante, mais dont néanmoins la marche fut chancelante* (1).

Vous nous apprenez, page 20 de votre pamphlet, que « si M. Decazes eût quitté les affaires » pendant la session de 1815, l'ordonnance du » 5 septembre 1816 n'eût *peut-être* pas été rendue; » et de là vous concluez sans doute qu'il faut voter les honneurs du Panthéon au noble et désintéressé dévouement de M. Decazes, qui, malgré l'éloquente philippique de M. de Kergorlay, dans la session de 1815, a bien voulu s'immoler à la patrie, en restant *dans les affaires.* Êtes-vous ou non, M. de Saint-Aulaire, avoué par votre client, lorsque vous placez aussi légèrement, sous sa responsabilité immédiate, *l'irréparable ordonnance* du 5 septembre? Prenez-y garde; elle n'est point encore solennellement jugée cette ordonnance qui, j'en remercie la Providence) n'est point, vous en faites l'aveu, l'œuvre spontanée de notre Monarque, mais qui lui a été inspirée par M. Decazes (2). S'il faut vous en croire, l'ordonnance

---

(1) Pag. 18 du pamphlet. Il est permis à un beau-père de faire une remontrance paternelle à son gendre.

(2) L'imprudent beau-père place encore sous la res—

du 5 septembre, que les libéraux ont sanctifiée dans leurs orgies, comme jadis on sanctifioit le 10 *août*, le 31 *mai*, devoit calmer les haines, réconcilier tous les esprits, et les rallier au giron de la légitimité (1). En un mot, cette ordonnance devoit disperser tous les factieux, et démontrer l'exagération et la folie des calculs du Général Donnadieu.

Eh bien ! M. de Saint-Aulaire, écoutez le langage d'un ami dévoué à votre gendre, de

---

ponsabilité de son gendre l'ordonnance du 5 mars 1819, qui d'un trait de plume a créé soixante pairs. Quel aveu ! combien il soulage l'âme des royalistes ! combien il les rattache plus étroitement encore à l'auguste Chef des Bourbons !

(1) L'attaque de M. de Kergorlay en 1815, à l'occasion de l'évasion de M. de Lavalette, contre M. Decazes, alors ministre seulement depuis quelques mois, pouvoit être renouvelée par son auteur en 1816. Les événemens de Grenoble lui ouvroient une vaste carrière, et M. Decazes indubitablement n'auroit pas résisté à ce nouveau choc. De là l'ordonnance du 5 septembre, qui dissout les courageux dénonciateurs de 1815 ; de là l'ordre *officiellement intimé* aux fonctionnaires publics de l'Oise, de repousser M. de Kergorlay, député de ce département ; enfin de là, etc. etc. etc. etc. etc. etc. etc. etc., et un million d'etc.

M. de Sainneville, Commissaire - général de police à Lyon, comme M. Bastard l'étoit à Grenoble.

M. de Sainneville, dans son *Compte rendu*, a la naïveté de convenir qu'aussitôt après la promulgation de l'ordonnance du 5 septembre, « de secrets émissaires répandirent de faux » bruits, des nouvelles alarmantes ; que les » bruits grossissoient et se dénaturoient en pas- » sant de bouche en bouche, etc.... (1) » Au milieu de ces *faux bruits* et de ces *nouvelles alarmantes*, tout à coup les denrées de première nécessité s'élèvent à un taux exorbitant. Qu'est-il arrivé ? C'est M. Decazes qui va nous l'apprendre dans son *Journal des Maires*, feuille de sa création, écrite en quelque sorte dans son cabinet particulier, et sous ses yeux.

1°. Dans son journal du 3 juin 1817, il convient *que des désordres plus ou moins graves ont passagèrement compromis la tranquillité publique, à Sens, à Nogent, dans les départemens de l'Aube et de Seine et Marne.*

2°. Une révolte, organisée à l'instar de celle de Grenoble, éclate aux cris de *vive l'empereur!*

---

(1) Pag. 16 et 17 du *Compte rendu* par M. DE SAINNE-VILLE.

le 8 juin 1817, sous les murs de Lyon. Elle y est comprimée aussitôt avec la même énergie et le même succès. M. Decazes, dans son journal du 10 juin, a la bonne foi de ne pas dissimuler cette révolte, et d'avouer qu'à Lyon *les mouvemens ont été plus graves* (1). Dans la même feuille il apprend aussi qu'il y a eu *quelques troubles à Sésanne et à Château-Thierry.*

3°. Dans son journal du 12 juin, M. Decazes se voit encore dans la dure nécessité de confesser que *de légers troubles se sont manifestés à Montargis, à Gien, à Pithiviers, à Souilhac, à Châtillon-sur-Seine.*

4°. Dans le journal du 14 juin, il nous dit: *qu'à Chaulny, la tranquillité du marché a été gravement compromise; qu'à Bernay, une bande errante a voulu délivrer quelques factieux;..... qu'à Sens, les* EXÉCUTIONS PREVÔTALES ONT PRODUIT D'HEUREUX RÉSULTATS.

5°. Dans le journal du 17, il nous apprend qu'il y a encore eu des mouvemens « dans les » départemens de la Drôme, de l'Isère, de

---

(1) Quatre jours après il convient qu'à Lyon « des » circonstances pénibles, au-dessus des calculs de la pré— » voyance, ont égaré les uns, et inspiré aux autres une » audace séditieuse. (*Journal des Maires*, du 14 juin 1817.)

» l'Ain, du Doubs, de la Loire, de Saône et
» Loire, de la Nièvre, de la Meurthe, de
» Maine et Loire, de l'Eure et de l'Yonne, à
» Rouen, à Elbœuf. »

Ainsi, du propre aveu de M. Decazes, voilà près de quarante départemens dans lesquels des troubles plus ou moins graves s'élèvent simultanément et presque au même signal. La majorité de ces départemens se compose précisément de ceux qui se sont précipités sur les pas de l'Usurpateur au mois de mars 1815, en abjurant scandaleusement la Dynastie légitime.

A quelle époque ce vaste soulèvement a-t-il éclaté ? le jour de la Fête-Dieu. C'étoit l'affreux mot d'ordre donné à tous les conjurés sur toutes les lignes de l'insurrection. La Providence, par un nouveau miracle de sa miséricorde, a permis que cette époque de la *Fête-Dieu* fût diversement entendue par les factieux. Cette fête tomboit le *jeudi 5 juin ;* mais elle ne pouvoit être légalement célébrée que le dimanche suivant, 8 juin. Et c'est le 8 juin, que dans Lyon, chef-lieu de l'insurrection, la révolte a éclaté *aux cris de vive l'empereur !!* Dans quelques autres départemens, elle a éclaté le même jour ; mais dans d'autres aussi elle a eu lieu le jeudi précédent, de sorte que l'ensemble projeté a été miraculeusement rompu , faute d'une indication précise de date.

Ce fut notamment le même mal-entendu qui, à la même époque, a fait échouer, presque sous les murs de Soissons, une autre révolte armée, combinée avec celle de Lyon, et qui, si elle eût réussi, auroit infailliblement envahi la Capitale, et allumé dans toute la France les torches de la guerre civile.

M. Decazes s'est bien gardé de parler de l'affaire de Soissons, dont il a fait destituer le Sous-Préfet, uniquement parce que ce brave et loyal administrateur en avoit adressé le récit directement à Sa Majesté, par l'intermédiaire d'un Maréchal de France. Grâce à la répugnance de M. Decazes pour *les exagérations*, peu de personnes en France ignorent encore que dans la nuit du 5 juin , trois à quatre cents hommes armés se sont rassemblés dans la plaine de Braisne, au-dessus de Soissons, dirigés par plusieurs chefs revêtus d'uniformes et coiffés de schakos à l'aigle impériale; qu'à leur tête ils avoient le général D...... qui se disposoit à les conduire sur Soissons; que, grâce à la ferme contenance du Sous-Préfet, secondé par un bataillon de la Garde royale, un grand nombre de militaires en demi-solde ont été arrêtés en flagrant délit avec le Général D...... lui-même; qu'on a trouvé sur eux des proclamations en faveur de Napoléon le *Grand Monarque*, et qu'ils alloient être tous mis en jugement, sans une amnistie qui les a rendus à la liberté (1).

Ainsi, grâce à la Providence, bien plutôt qu'à la prévoyance de M. Decazes, une seconde tentative de la *vaste conspiration* a encore échoué en 1817. A peine a-t-elle été ainsi comprimée à Lyon, à Sens, à Château-Thierry, à Soissons, etc. etc., qu'aussitôt le blé diminue dans les marchés, et M. Decazes annonce lui-même à la Capitale que sa subsistance est assurée pour deux mois par les soins du Ministère, afin de bien convaincre les incrédules que les subsistances n'ont été qu'un prétexte.

Voilà des faits incontestables. Le Général

---

(1) Ce récit est consigné avec les pièces justificatives dans un recueil semi-périodique dont la véracité n'a jamais été contestée ni par le ministère, ni par les libéraux (voyez la *Bib. Roy.*, pag. 71 et suiv., tom. IV.) M. de B...., Sous-Préfet destitué de Soissons, a été remplacé immédiatement par un Commissaire de police des Cent-Jours, M. Denis de Sainneville, qu'on croit être parent du calomniateur du Général Canuel.

Donnadieu étoit-il donc un *exagérateur* lorsqu'il portoit approximativement *à trois ou quatre mille le nombre des factieux sur lesquels toute la clémence et les bienfaits du meilleur des monarques ne pouvoient rien ?* Et si on les eût, en 1816, relégués *dans des colonies lointaines*, croit-on de bonne foi que quarante départemens de la France eussent été gravement troublés et agités en 1817 ? Croit-on que la conspiration de Lyon, coïncidente avec celle de Soissons pour placer la Capitale entre deux foyers de révolte, eût éclaté à la *Fête-Dieu* de la même année ? Croit-on enfin qu'il n'eût pas mieux valu à M. Decazes provoquer la déportation de trois ou quatre mille factieux en 1816, que d'ordonner, en 1817, des *exécutions prévôtales*, malgré les *heureux résultats qu'elles ont produits ?*

Non, le Général Donnadieu ne désavouera jamais le *plan de contre-révolution violente* que lui impute M. de Saint-Aulaire; car il a pour complices tous les Français qui ont tressailli de joie, d'amour et d'espérance à l'avenue de l'Enfant royal, Henri-le-Dieudonné.

M. de Saint-Aulaire n'est pas heureux dans ses attaques diffamatoires. Il regrette que son gendre, armé du prétendu *plan de contre-*

révolution violente, n'ait pas destitué plutôt le Général Donnadieu (pag. 39). C'est encore là une autre maladresse ; car M. de Saint-Aulaire confirme à l'Europe ce qu'elle savoit déjà trop bien ; c'est-à-dire que le Général Donnadieu n'a été destitué que pour son imperturbable dévouement à la légitimité.

Mais si M. de Saint-Aulaire est maladroit dans quelques fragmens de sa diatribe, comment devra-t-on envisager cette autre phrase extraite du même écrit : « Je crois que des rigueurs exces- » sives ont été commmises à Grenoble. Je crains » même que des coupables seuls n'aient pas été » frappés!!...» M. de Saint-Aulaire fait donc aujourd'hui cause commune avec le calomniateur qui va tout à l'heure être traduit aux pieds des tribunaux. Comme lui, il ose mettre en fait que des assassinats judiciaires ont été commis à Grenoble. Il a donc été témoin des débats et des exécutions qui ont eu lieu dans cette ville, puisqu'il en parle presqu'avec l'accent de la conviction ? Non ; M. de Saint-Aulaire avoue lui-même qu'*il étoit hors de France à cette époque*, et *que les détails lui en sont peu connus* (pag. 25). C'est ainsi que, sous l'apparence d'un sang-froid affecté, il lance ses traits empoisonnés contre un homme d'honneur. C'est ainsi qu'il encourage et justifie

un calomniateur juridiquement accusé, en lui
prêtant, complaisamment et d'avance, le suffrage
et l'appui d'un ancien Ministre tout puisssant!
Après cela, est-ce sérieusement que dans son
pamphlet il vient nous dire : « On chercheroit
» en vain dans la vie privée comme dans la vie
» publique du Ministre les traces d'un sentiment
» de haine et de vengeance. On chercheroit en
» vain un ennemi qu'il ait persécuté, un ami
» qu'il ait abandonné, un collègue accusé qu'il
» n'ait couru défendre..... (1) » Et cette mul-
titude d'administrateurs, de préfets, de sous-
préfets, de magistrats, de militaires, tous desti-
tués par et pour M. Decazes, pendant son trop
long ministère, sans formalités, sans motifs
avoués, et sans pudeur! Et cette série de
Ministres culbutés les uns sur les autres en pré-
sence de l'Inamovible, et sous son influence!
Et la conspiration fabuleuse du bord de l'eau!
Et cette atroce *Correspondance privée* attribuée
à M. Decazes, qui ne l'a pas désavouée, et dont
on a osé salir le premier degré du trône!!........
Dans cet affreux chaos de bouleversemens,
d'injustices et de violences, il n'y a donc ni
haine, ni vengeance, ni passions ?

----

(1) Pag. 18 du pamphlet.

Est-ce encore bien sérieusement que M. de Saint-Aulaire vient nous dire que *la position de son gendre n'étoit pas assez forte?* Quelle force donc lui falloit-il, grand Dieu!......
Il lui falloit, répond M. de Saint-Aulaire, la puissance de *destituer tous les fonctionnaires publics qui n'étoient pas liés à la révolution,* de les remplacer tous par des *hommes nouveaux,* (pag. 39). Eh quoi! il n'y a donc point eu assez de destitutions et de déplacemens sous la *bienheureuse* administration de M. Decazes! Le Roi devoit donc aussi chasser de son palais, et de ses Conseils, il devoit arracher de son généreux cœur tous les compagnons de son exil, tous les martyrs de la fidélité française? Oui, répliquera M. de Saint-Aulaire, le Roi le devoit. « Le Gouvernement constitutionnel est » la condition nécessaire de la Dynastie (1)... » Et le Gouvernement constitutionnel n'admet, comme on le sait, que des *intérêts nouveaux.* « C'est pour ces intérêts que M. Decazes a » constamment combattu....... La lutte étoit » difficile..... En définitive, il a été vaincu..... » Ses ennemis ont poursuivi en lui l'homme

------

(1) Pag. 39.

» nouveau, l'homme étranger aux *préjugés de*
» *l'aristocratie* (1)...... »

Ici, il y a ou lacune ou omission dans le pamphlet de M. de Saint-Aulaire. On y cherche, et on n'y trouve pas la définition de ce qu'il appelle *intéréts nouveaux, préjugés de l'aristocratie.* Cette définition étoit, cependant, bien nécessaire pour nous mettre en état d'apprécier la *lutte difficile* que *l'homme nouveau* a soutenue avec tant de constance et si peu de succès.

Si j'ouvre la Charte constitutionnelle qui apparemment est un pacte sacré pour M. de Saint-Aulaire, comme il l'est pour tous les Français, j'y remarque avec admiration et attendrissement, que son auteur a voulu *lier tous les souvenirs à toutes les espérances, en réunissant les temps anciens aux temps modernes,* et j'en conclus que si M. Decazes ne s'empresse pas de désavouer solennellement son indiscret patron, *l'homme nouveau* s'est constitué en état de rébellion ouverte contre la Charte, en voulant séparer les *souvenirs* des *espérances,* les *temps anciens* des *temps*

---

(1) Pag. 40 du pamphlet.

modernes; en voulant tuer les *souvenirs* et les *temps anciens*, pour ne conserver que les *espérances* et les *temps modernes*. Ce ne sera donc point avec la Charte que M. de Saint-Aulaire suppléera à l'omission ou lacune que je signale dans son pamphlet.

Qu'entend-il donc, M. de Saint-Aulaire, par *intérêts nouveaux*, par *préjugés* de l'*aristocratie ?* Voudroit-il par hasard rajeunir ces vieilleries de *dîmes*, de *droits féodaux ?*....... J'insulte M. de Saint-Aulaire; je lui en demande pardon. Voudroit-il parler des alarmes si mal inspirées aux acquéreurs de domaines nationaux? Mais quelles garanties veut-il donc après celles que la Charte a consacrées, après les sermens solennels prêtés par le Roi, par tous les membres de son auguste Famille? et il sait bien que cette Famille est chrétienne et catholique; qu'à ses yeux le parjure est le plus grand de tous les crimes. Il faut donc supposer que les royalistes ont l'intention de se révolter eux-mêmes contre leurs Princes pour les forcer à violer leurs sermens; mais alors ils cessent d'être royalistes. Ils attaquent la légitimité dans sa souche; ils entrent dans les rangs des libéraux.

Non, M. de Saint-Aulaire n'a point ainsi

entendu et défini les *intéréts nouveaux*. Il n'y a pas même, à vrai dire, de lacune dans sa doctrine. Seulement il a négligé, en parlant des *intéréts nouveaux* dans son pamphlet, de renvoyer (par un astérique au bas de la page 40) à la proclamation du préfet de la Haute-Garonne, publiée et placardée à Toulouse, le 4 AVRIL 1815. M. de Saint-Aulaire ne contestera point l'étroite *intimité*, je puis dire l'*unité* de personne qui le lie à l'auteur de cette proclamation. C'est dans ce monument historique que se rencontre la définition claire, positive et franche de ce que M. de Saint-Aulaire entend par *intéréts nouveaux*. Ecoutons le proclamateur :

« La cause des Bourbons est perdue sans
» ressource (1)..... Malgré..... l'exaltation sup-
» posée des Bordelais, cette ville (c'est-à-dire
» Bordeaux), comme Paris et Lyon, s'est rendue
» sans être attaquée, tant il est vrai que c'est
» par la force des choses que *l'antique trône*
» *des Bourbons est tombé*.... Ralliez-vous sous
» un *chef* (Buonaparte) *qui a su et qui saura*

---

(1) On sait qu'au 4 avril 1815, date de cette proclamation, il y avoit quatorze jours que Buonaparte régnoit aux Tuileries.

» *encore faire respecter la France.....* **Dieu le**
» veut. Il vous ordonne de vous soumettre
» aux Puissances.... » Ou je n'entends pas la
langue de mon pays, ou bien il est évident que
les *intéréts anciens* sont tombés avec l'*antique
tróne des Bourbons*, et que les *intéréts nouveaux* se rattachent au nouveau *chef qui a su
et qui saura encore faire respecter la France.*

Oui, M. de Saint-Aulaire, voilà les *intéréts
nouveaux* qui ont dirigé des bandes armées
sous les murs de Grenoble, de Lyon et dans
les plaines de Braisne, aux cris de *vive l'empereur!* Seroit-ce pour cela que vous et l'*homme
nouveau*, votre client, vous n'auriez vu rien
que de légitime et de constitutionnel dans ces
actes de rébellion? Seroit-ce pour ces mêmes
intéréts nouveaux que l'*homme nouveau* auroit
provoqué les deux ordonnances des 5 septembre
et 5 mars, dont il assume sur lui par votre
organe l'effrayante responsabilité?

Seroit-ce pour ces *intéréts nouveaux* que
l'*homme nouveau* a combattu la proposition
de M. le marquis de Barthelemy; qu'il a fait
déserter le Ministère à MM. de Richelieu et
Lainé; et qu'ensuite il s'est fait proclamer, sous
sa responsabilité, le Président du ministère?

Seroit-ce pour ces *intéréts nouveaux* que

l'*homme nouveau* a défendu avec acharnement, pendant un an, à la tribune et dans ses instructions ministérielles, la loi des élections du 5 février, sans doute afin qu'elle amenât à la Chambre l'un des plus féroces ennemis des *intérêts anciens*, le régicide G........?...

N'est-ce pas pour ces *intérêts nouveaux* que Louvel s'est armé du poignard, qu'il a tué ce Prince magnanime, que la Providence nous rend enfin aujourd'hui dans Henri-le-Dieu-donné ?

N'est-ce pas pour ces *intérêts nouveaux* que Gravier allumoit ses pétards; qu'un Evêque diocésain, accompagné de missionnaires, ont été insultés à Brest; que des saturnales sacriléges ont épouvanté le peuple de Châlons-sur-Saône, précisément dans la fatale nuit où l'infortuné Berry alloit aux pieds du trône de l'Eternel implorer sa clémence pour ces exécrables profanateurs ?

N'est-ce pas pour ces *intérêts nouveaux* que le brave Marie a été assassiné; que, le 2 juin, le signal de la guerre civile a été donné aux cris de *vive la Charte! vive l'empereur! vive nos frères de Manchester!* sur les marches de la Chambre des Députés, sur les Boulevards et au faubourg Saint-Antoine?

N'est-ce pas pour les *intéréts nouveaux* que ,
le 19 août, on devoit massacrer la Famille
royale , les royalistes qui la défendent , et créer
un Gouvernement provisoire , en attendant
l'installation des *intéréts nouveaux*, dans la
personne de Napoléon II ?

Ne sont-ce pas, enfin, les mêmes *intéréts
nouveaux* qui viennent d'inonder de sang les
rues de Palerme, encombrer de cadavres sa
rade et ses portiques, etc. etc. ?

Ah ! M. de Saint-Aulaire, il est bien vrai
qu'une route assez longue a été faite depuis
l'ordonnance du 5 septembre. Je viens de vous
en retracer tout à l'heure les affreux et sanglans
caractères. Est-ce en suivant la ligne droite,
tracée par cette ordonnance, que la *route a été
parcourue*, ou bien a-t-on rétrogradé sur cette
ligne *dans une direction contraire ?* Vous es-
sayez (vaine tentative !) de nous faire regretter
l'administration de votre *homme nouveau;*
vous demandez si (aujourd'hui qu'il est vaincu)
« la marche est devenue plus facile, si nous
» sommes plus calmes, plus heureux (1)..... »
Vous ramenez donc toute la discussion à ce seul

---

(1) Pag. 46 du pamphlet.

point : « L'ordonnance du 5 septembre devoit-
» elle sauver la France? » M. de Saint-Aulaire,
.relisez les manifestes de la Russie et de l'Au-
triche , et il me semble que vous y trouverez la
question discrtement résolue. Toutefois, j'en
conviens, il faut qu'elle le soit aussi par la
France, et peut-être est-ce le moment, plus
que jamais, de la traiter à fond, surtout au
milieu de cette conflagration Européenne , dont
nous n'apercevons encore que les avant-cou-
reurs. Des publicistes du premier ordre l'ont
déjà savamment débattue et préparée dans leurs
écrits ; mais une voix secrète me crie, au fond
du cœur, que Henri-le-Dieudonné doit la
résoudre.

****

ture, la grammaire, la rhétorique, la poésie, l'art dramatique.
— La logique, la morale, la métaphysique, la théologie. — La
jurisprudence, la pratique, la diplomatie, l'histoire, la chrono-
logie, la numismatique, etc. Par Lumier. Trois gros vol. in-8°,
en petit-texte, à deux colonnes, 24 fr.

Ephémérides politiques, littéraires et religieuses, représentant,
pour chacun des jours de l'année, un tableau des événemens
remarquables qui datent de ce même jour dans l'histoire de tous
les siècles et de tous les pays, jusqu'au 1er janvier 1812, avec
cette épigraphe :

Et quo sit facto quæque notata dies. Ovin. Fast.

Troisième édition, revue, corrigée et augmentée. Douze vol.
in-8°, 48 fr.

Génie du Christianisme, ou Beautés de la Religion Chrétienne.
Par F. A. de Chateaubriand. Sixième édition. Cinq vol. in-8°,
fig., 30 fr.

Gradus ad Parnassum, ou Nouveau Dictionnaire Poétique latin-
français, fait sur le plan du *Magnum Dictionarium Poeticum* du
P. Vanière, enrichi d'exemples et de citations tirés des meilleurs
poëtes latins, anciens et modernes. Par Fr. Noël. Nouv. édit. Un
vol. in-8° de près de 1000 pages, imprimé en petit-texte sur
deux colonnes. En feuilles, 6 fr. 65 c.

Relié en parch., 7 fr. 65 c.

Relié en bas., 8 fr 15 c.

Le même, un vol. in-4°, pap. fin, broché, 15 fr.

Relié, veau, filets, 19 fr.

Histoire Ancienne, d'après Rollin; contenant l'histoire des Egyp-
tiens, des Carthaginois, des Assyriens, des Mèdes, des Mèdes et
des Perses, des Perses et des Grecs, etc. jusqu'à la bataille
d'Actium. Par J. C. Royou; 2e édit. Quatre vol. in-8°, 24 fr.

Histoire du Bas-Empire, depuis Constantin jusqu'à la prise de
Constantinople, en 1453. Par le même. Quatre vol. in-8°, 20 fr.

Histoire des Empereurs Romains, depuis Auguste jusqu'à Cons-
tance-Chlore, père de Constantin. Par le même. Quatre vol.
in-8°, 20 fr.

Histoire de France depuis Pharamond jusqu'à la vingt-quatrième
année du règne de Louis XVIII. Par le même. Six vol. in-8°,
36 fr.

Histoire Romaine, depuis la fondation de Rome jusqu'au règne
d'Auguste. Par le même. Quatre gros vol. in-8°, 24 fr.

Histoire de la Campagne de 1815, ou Histoire politique et militaire
de l'invasion de la France, de l'entreprise de Buonaparte au
mois de mars, de la chute totale de sa puissance, et de la double
restauration du trône, jusqu'à la seconde paix de Paris, inclu-
sivement; rédigée sur des matériaux authentiques ou inédits; par
M. A. de Beauchamp. Deux forts vol. in-8°, 13 fr. 50 c.

La première partie de cet ouvrage, comprenant l'Histoire de
la Campagne de 1814, seconde édition, forme aussi deux forts
vol. in-8°, 13 fr. 50 c. — Les deux ouvrages se vendent ensemble
ou séparément.

Itinéraire de Paris à Jérusalem et de Jérusalem à Paris, en allant
par la Grèce, et revenant par l'Egypte, la Barbarie et l'Espagne.
Par F. A. de Chateaubriand. Troisième édition, revue et corrigée. Trois vol. in-8°, ornés d'une carte géographique, 18 fr.

Leçons Latines modernes de Littérature et de Morale, ou Recueil en prose et en vers, des plus beaux Morceaux des auteurs

les plus estimés qui ont écrit en cette langue, depuis la renaissance des lettres. Par MM. Noël et de La Place. Deux vol. in-8°, 12 fr.

Manière d'apprendre et d'enseigner; ouvrage traduit du latin du P. Joseph de Jouvency, jésuite. Par J. E. Lefortier, professeur de belles-lettres à l'école centrale de Fontainebleau. Un vol. in-12, 2 fr. 50 c.

Mélanges de Politique, par F. A. de Chateaubriand. Deux vol. in-8°, 10 fr.

Mille et Une Nuits (les), Contes arabes, traduits en français, par M. Galland; continués par M. Caussin de Perceval, professeur de langue arabe au Collége de France. Nouv. édit. Neuf. vol. in-18 de 450 pages chacun, imprimés avec soin, en beaux caractères neufs, petit-romain gros œil, sur pap. d'Angoulême, 20 fr.

Naufrage du brigantin américain *le Commerce*, perdu sur la côte occidentale d'Afrique, au mois d'août 1815, accompagné du récit de la captivité des gens de l'équipage de ce bâtiment dans le grand désert, et des mauvais traitemens qu'ils ont eu à supporter de la part des Arabes qui les avoient faits prisonniers; suivi de la description de Tombuctoo et de la grande ville de Wassanah, inconnue jusqu'à ce jour; publié par M. James Riley, ancien capitaine et subrécargue dudit brigantin, traduit de l'anglais par M. PELTIER, auteur des *Actes des Apôtres* et de *l'Ambigu*. Deux vol. in-8°, broch. avec une carte géographique, 12 fr.

Nouveau Dictionnaire Français-Latin, composé sur le plan du Nouveau Dictionnaire Latin-Français, où se trouvent l'étymologie des mots français, leur définition, leur sens propre et figuré, et leurs acceptions diverses, rendues en latin par de nombreux exemples choisis avec soin et vérifiés sur les originaux. Par M. Noël. Nouvelle édition. Un vol in 8° de près de 1000 pages, imprimé en petit-texte, sur trois colonnes.

    En feuilles, 6 fr. 65 c.

    Relié en parchemin, 7 fr. 65 c.

    Relié en basane, 8 fr. 15 c.

    Le même, un vol. in-4°, pap. fin, broché, 15 fr.

    Relié en veau, filets, 19 fr.

Nouveau Dictionnaire Latin-Français, composé sur le plan du *Magnum totius latinitatis Lexicon Facciolati*, où se trouvent tous les mots des différens âges de la langue latine, leur étymologie, leur sens propre et figuré, et leurs acceptions diverses justifiées par de nombreux exemples choisis avec soin, et vérifiés sur les originaux. Par le même. Nouv. édit. Un vol. in-8° de plus de 1000 pages, imprimé en petit-texte sur trois col.

    En feuilles, 6 fr. 65 c.

    Relié en parchemin, 7 fr. 65 c.

    Relié en basane, 8 fr. 15 c.

    Le même, un vol. in-4°, pap. fin, broché, 15 fr.

    Relié en veau, filets, 19 fr.

Œuvres de Virgile, traduction nouvelle. Par René Binet, ancien proviseur du Lycée Bourbon, et recteur de l'Université de Paris, professeur de littérature et de rhétorique à l'Ecole militaire, au collége du Plessis-Sorbonne, auteur de plusieurs autres traductions. Troisième édition, revue et corrigée par l'auteur. Quatre vol. in-12, 12 fr.

Précis de l'Histoire Universelle, ou Tableau historique présentant les vicissitudes des nations, leur agrandissement, leur décadence et leurs catastrophes, depuis le temps où elles ont commencé à être connues, jusqu'au moment actuel. Par Anquetil. Quatrième édition. Douze volumes in-12, 56 fr.

Tableau des Alpes, poëme. Par F. S. Un vol. in-12, 2 fr. 50 c.

Tableau historique, géographique, militaire et moral de l'Empire de Russie, par Damaze de Raymond. Deux vol. in-8°, ornés de quatre cartes : Carte générale de Russie, par M. Lapie, Carte de la Route de Berlin à Pétersbourg, en deux feuilles ; Plan de Pétersbourg, Plan de Moscou, 15 fr.

Traité des Etudes, ou manière d'étudier et d'enseigner les belles-lettres, par rapport à l'esprit et au cœur. Par Rollin. Nouv. édit. Quatre vol. in-12, 10 fr.

Théâtre de l'Opéra-Comique, ou Recueil des pièces restées à ce théâtre, pour faire suite aux théâtres du premier et du second ordre ; avec des notices sur chaque auteur, le titre de leurs pièces, et la date des premières représentations. Huit vol. in-18, 16 fr.

Le premier volume contient : La Servante Maîtresse, de Baurans ; la Chercheuse d'Esprit, de Favart; Annette et Lubin, Ninette à la Cour, du même. — Le second volume contient : La Fée Urgèle, de Favart; Isabelle et Gertrude, les Moissonneurs, l'Amitié à l'Epreuve, la Belle Arsène, du même. — Le troisième volume contient : Les Deux Chasseurs et La Laitière, d'Anseaume ; le Tableau parlant, du même ; le Sorcier, de Poinsinet ; le Roi et le Fermier, de Sédaine ; Rose et Colas, du même. — Le quatrième volume contient : Le Déserteur, de Sédaine ; les Femmes vengées, Félix ou l'Enfant trouvé, On ne s'avise jamais de tout; Aucassin et Nicolette, du même. — Le cinquième volume contient : Richard Cœur-de-Lion, de Sédaine, le Comte d'Albert, du même ; le Cadi dupé, de Lemonnier ; le Tonnelier, d'Audinot; le Maréchal Ferrant, de Quétant. — Le sixième volume contient : La Bergère des Alpes, le Huron, Sylvain, Zémire et Azor, l'Ami de la Maison, la Fausse Magie, de Marmontel. — Le septième volume contient : Les Deux Avares, de Fenouillot de Falbert; l'Amoureux de quinze ans, de Laujon; les Fausses Apparences, ou l'Amant Jaloux, de d'Hèle ; le jugement de Midas, les événemens imprévus, du même. — Le huitième volume contient: la Rosière de Salency, de Pezay; la Mélomanie, de Grenier; les Dettes, de Forgeot; Lodoïska, de Jaure, Montano et Stéphanie, du même.

Voyages du chevalier Chardin en Perse et autres lieux de l'Orient. Nouv. édit. plus exacte et plus complète que toutes les précédentes; avec des notes tirées principalement des auteurs orientaux, et une Notice chronologique de la Perse, depuis les temps les plus reculés jusqu'à ce jour. Par L. Langlès, membre de l'Institut, un des administrateurs-conservateurs de la Bibliothèque Royale, professeur de persan à l'école spéciale des langues orientales, membre de l'Académie royale de Gœttingue, de la Société d'Emulation de l'Isle-de-France, du Musée de Francfort, etc. Dix vol in-8°, et un atlas in-fol. de 83 planches, représentant les antiquités et les choses remarquables du pays, 120 fr. ; pap. vélin, 240 fr.

9 782014 045901